LES

MARTYRS DU JAPON

SCÈNES HISTORIQUES

De la Persécution au Japon

AU XVIIe SIÈCLE

DRAME EN TROIS ACTES

Par ANGEL

Prix : 0,75 centimes

LYON
LIBRAIRIE EMMANUEL VITTE
Place Bellecour, 3.

1891

LES

MARTYRS DU JAPON

SCÈNES HISTORIQUES

De la Persécution au Japon

AU XVIIe SIÈCLE

DRAME EN TROIS ACTES

Par ANGEL

Prix : 0,75 centimes

LYON

LIBRAIRIE EMMANUEL VITTE

Place Bellecour, 3.

1891

PERSONNAGES

MADELEINE MONDO, jeune fille chrétienne.
NARA, jeune fille païenne.
MARIE-MADELEINE MINAMI, veuve d'un seigneur martyr.
SIMON TAQUENDA, grand seigneur japonais.
AGNÈS, sa femme.
PIERRE, son fils.
JEANNE, mère de Taquenda.
SANTA, gouvernante de l'enfant.
ASSANO, officier du gouverneur.

AVERTISSEMENT DE L'AUTEUR

*Le sujet de ce drame absolument historique a été puisé dans l'*Histoire du Japon, *par le père de Charlevoix, et l'*Histoire des Martyrs canonisés par Pie IX, *de J.-M. Villefranche. Les développements de ce sujet, la forme du style, le caractère des personnages et la couleur locale ont été empruntés à diverses études récentes et complètes sur le Japon.*

Une inexactitude historique pourrait être relevée cependant : c'est que Madeleine Mondo et ses parents n'ont pas souffert la même année ni dans la même ville que la famille Taquenda ; mais l'auteur a mieux aimé sacrifier les dates que de priver son drame d'une héroïne aussi pure et touchante que cette jeune martyre.

Simon Taquenda fut décapité dans son palais le 9 décembre 1603 ; sa mère et sa femme crucifiées le lendemain avec Marie-Madeleine Minami ; tous habitaient une ville du royaume de Fingo. Madeleine Mondo, âgée de vingt ans, expira sur le bûcher avec ses parents et son jeune frère, le 16 octobre 1613, à Arima. Tous les détails sur l'exécution de ces saints personnages sont rigoureusement vrais, quelques-unes de leurs paroles sont prises textuellement dans les Actes de leur martyre ; on les a soulignées pour les faire remarquer au lecteur.

Quant à la prophétie mise dans la bouche d'Agnès Taquenda, les historiens ne disent point qu'elle l'ait faite, mais il est certain que plusieurs martyrs, entre autres un père jésuite et un père dominicain, prédirent en mourant la résurrection de cette chretienté édifiée dans leurs sueurs et dans leur sang.

Il était d'ailleurs réservé à notre siècle de voir l'accomplissement de ces prophéties. Après 200 ans d'un silence qu'on eût pu prendre pour la mort, l'Eglise du Japon s'est réveillée, lentement d'abord, puis, renversant la pierre de son tombeau, elle en est sortie jeune et vivante, telle qu'au jour où François-Xavier la faisait naître (1549).

En effet, le 17 mars 1890, cette héroïque Eglise, tant de fois renversée par l'orage des persécutions, célébrait le 25e anniversaire de sa résurrection, ses noces d'argent! Trois évêques tenaient, à Nagazaki, un premier synode où se trouvaient représentés les 4 diocèses du Japon et celui de la Corée. L'église consacrée aux 26 martyrs ne désemplissait pas d'une foule pieuse attirée par l'éclat des cérémonies et la joie de ces jours de fête. Quarante mille chrétiens s'y unissaient de près ou de loin. (Voir les Annales de la Propagation de la Foi, *septembre 1890.)*

Aujourd'hui, le Japon ouvre largement ses portes aux lois et à la civilisation européennes ; la tolérance et même la bienveillance entourent nos missionnaires. On peut donc espérer que la doctrine catholique fera de nouveaux progrès parmi ce peuple intelligent et brave, si bien fait pour nous intéresser qu'on l'a appelé : les Français de l'Orient.

PREMIER ACTE

La maison païenne.

Intérieur japonais, statue du dieu Amida, lampe brûlant devant, jeune fille priant à genoux.

SCÈNE Ire

NARA (seule)

Quand l'heure de midi brûle la terre, écoutez mes vœux, ô Amida Kami, roi de puissance, souverain maître des îles du Japon ! Que les esprits de tous les empereurs qui ont régné sur nous et dont la race vient du ciel soient honorés ! qu'ils habitent leurs temples d'or, que mille bonzes les servent tous les jours et que leurs autels soient couverts d'offrandes !

Et vous, ancêtres de ma famille, soyez loués, que ma prière éveille vos ombres dans le séjour de la divinité ! Pères et mères de Nara, soyez loués jusque dans votre lointaine et première génération ! (S'interrompant et frappant dans ses mains) M'entendez-vous, ô morts ensevelis ; m'écoutez-vous, ô Amida ? Quelle force ont les paroles d'une enfant pour résonner dans l'immensité inconnue des cieux ? Hélas ! les prêtres me l'ont dit : la femme est trop faible pour atteindre toute seule au séjour du bonheur, ce n'est que par de généreuses offrandes aux temples des Camis qu'elle peut acheter le repos sans fin. Alors, à quoi sert de prier ? je vais porter tous mes trésors aux bonzes. Pourtant, les livres de nos maîtres enseignent des prières ; les sages demandent à être purifiés par la vertu des esprits de l'air ! (Reprenant sa prière) O Amida Kami, je n'estime et n'adore que vous-même, chassez de mes pensées toute obscurité, lavez-moi de mes souillures comme on lave les impuretés dans la rivière sainte de Kamo ; faites-moi devenir la plus riche femme du monde, et que votre lumière éclaire mon bonheur (1).

SCÈNE II

MADELEINE MONDO ET NARA

MADELEINE

(Salut japonais) Je te salue, ô Nara, mon amie, et souhaite que la lumière des cieux éclaire tes jours !

NARA

Sois heureuse, sœur de mon âme, et puisses-tu vivre immortelle comme nos dieux ! Je les priais à cette heure, en récitant tout ce que les sages nous ont prescrit de dire ; mais, malgré moi, mon cœur est loin de ces paroles et je ne puis croire que ces oreilles de métal (montrant le dieu)

(1) Imité des prières shintoïstes.

soient ouvertes pour m'entendre ni que les empereurs, dans les demeures célestes, prennent soin de m'écouter!

MADELEINE

Un Dieu plus puissant que tous ceux-là t'entend, ô Nara, et il parle à ton cœur. C'est dans l'abîme de la tristesse que croît l'arbre vert de l'espérance !

NARA

Que dis-tu, Kisaï, et quel désir nouveau veux-tu faire naître en moi ?

MADELEINE

Ne m'appelle plus Kisaï ; j'ai quitté ce nom misérable, je ne m'agenouille plus devant les dieux impuissants. Je suis chrétienne, Nara, j'adore le Dieu unique, je sers le Christ qui m'a rachetée, et mon nom nouveau est Madeleine.

NARA

Que dis-tu, quelle folie est la tienne ? quoi ! tu as embrassé cette religion d'Occident étrange et maudite, pour laquelle déjà bien des Japonais sont morts ?

MADELEINE

Oui, ma sœur, je suis chrétienne et j'attendais pour te le dire que des jours meilleurs nous fussent donnés. Mais des édits de mort parcourent tout l'empire, le lendemain n'est plus sûr pour les chrétiens, et je suis venue te dire adieu. Aujourd'hui je parle joyeusement avec toi ; demain peut-être m'attend la croix, ou le glaive, ou le bûcher. Veux-tu qu'avant d'aller au ciel, à la vie éternelle, je t'en apprenne le chemin ?

NARA

Peux-tu parler de vie à la veille de mourir, toi si jeune, si belle, l'espoir et l'amour de tes parents ?

MADELEINE

Oh ! mes parents vénérés adorent comme moi ; ils servent le Dieu véritable et brûlent d'ardeur pour le martyre. Non, mon père ne me défendra point de la main du bourreau, et ma mère, si je meurs sans elle, ne pleurera point ma jeunesse !

NARA

Quel étrange langage est le tien ! tu choisis par avance le plus affreux chemin qui conduise au tombeau et tu parles en souriant de ce qui fait trembler les hommes. Est-ce déjà ton deuil que tu portes pour présager ta mort ? Que signifient ces vêtements blancs (1) ?

MADELEINE

Il est vrai, je ne pleure aucun des miens ; mais je porte ces vêtements blancs comme un signe de ma consécration à Dieu. Je ne sais si ton esprit, que le ciel n'a point encore éclairé, pourra me comprendre ; écoute néanmoins. Il est, parmi les chrétiennes, des jeunes filles qui, enflammées d'un céleste amour pour le Christ et désirant le servir uniquement, lui consacrent leur vie et jurent de n'avoir point d'autre époux que Lui. Ne souhaitant point de plaire aux hommes, elles quittent les belles parures, elles renoncent aux fêtes et aux joies d'ici-bas, ne s'occupant plus que d'adorer Dieu et de servir leurs frères, les chrétiens. Voilà ce que j'ai fait, Nara ; voilà pourquoi j'ai pris ces vêtements de deuil, afin que ma jeunesse soit ensevelie aux yeux des hommes. Me comprends-tu maintenant, et veux-tu que je t'apprenne la route du bonheur ?

NARA

Non, tu m'épouvantes, ce n'est pas la route du bonheur qui va te conduire au dernier supplice.

(1) Le deuil au Japon se porte en blanc.

MADELEINE

La vie que tu possèdes n'est rien, Nara, celle qui viendra après est tout. Chacune de nous peut la rendre heureuse ou malheureuse et nul combat n'est trop difficile pour conquérir la félicité. Comme le laboureur entr'ouvre la terre pour y jeter la semence qui doit produire une moisson abondante, ainsi le bourreau déchire et brise le corps du chrétien, afin que son âme, semence divine, croisse et mûrisse plus promptement pour la vie éternelle !

NARA

Non, Madeleine, n'espère pas que je te suive. Le jeune saule planté au bord des eaux n'attend que le soleil de midi et le vent du matin, il ne peut désirer la serpe du bûcheron ; ainsi ma jeunesse n'attend que le lendemain et des centaines de lendemains sous la protection de nos dieux.

MADELEINE

O aveugle, je prierai le Seigneur pour toi, et si je meurs dans les tourments, le Dieu que j'aime mettra dans ton cœur l'ardeur qui brûle le mien et tu sentiras que souffrir la mort pour Lui est plus doux que vivre mille vies dans les joies de ce monde !

NARA

Je t'aime pourtant, Madeleine, et je voudrais te croire ; mais comment accepter déjà la mort ? Dis-moi avant de partir une prière à ton Dieu ; mais non, je veux parler aux miens d'abord, tu chanteras ensuite, nous verrons laquelle des deux prières apportera le calme à mon cœur.

MADELEINE

Chante donc, Nara, chante vite, afin que je puisse appeler sur toi la bonté de notre Dieu !

NARA

Invocation aux esprits de l'air.

(Chanson japonaise de Benedictus) (1)

Esprits de l'air, dieux invisibles,
Souffles puissants et voix terribles,
Esprits de feu, qui dans les airs
Jetez la foudre et les éclairs,
Vents légers qui courez la plaine,
En l'embaumant de votre haleine,
Brise du soir qui rafraîchis
Dans les sillons la fleur de riz !.....

Ah ! caressez mon front timide,
Esprits de l'air, votre aile humide
Rafraîchira mes yeux brûlants,
Emportera mes vœux ardents.
Ecoutez, ô dieux, ma prière,
C'est en vous que mon cœur espère ;
Portez la paix dans les esprits
Comme la brise aux fleurs de riz !....

MADELEINE

Que veux-tu demander aux vents et aux nuages si tu ne pries d'abord Celui qui les conduit ? Pour nous, toutes les forces de la nature sont dans la main de Dieu et c'est de sa puissance que nous implorons toutes choses. Ecoute comment nous invitons l'air, les eaux et la foudre à reconnaître avec nous la majesté de Dieu. Je vais te dire un cantique ; il fut chanté par trois enfants martyrs qui, enfermés dans une fournaise par ordre d'un tyran, louaient ainsi le vrai Dieu :

(1) Chez Hartmann, éditeur à Paris.

Cantique des trois enfants hébreux.

(*Daniel*, chap. III) (1)

Louons les œuvres magnifiques
Du Dieu qui créa l'univers !
Chantez son nom, chœurs angéliques,
Et vous, abîmes des enfers !
Neiges immaculées,
Bénissez le Seigneur ;
Frimats, brouillards, gelées,
Exaltez sa grandeur !

Soleil, roi des célestes plaines,
Lune, chaste et divin miroir,
Vous, étoiles des nuits sereines,
Ombres et ténèbres du soir,
Eclairs, vents et tonnerre,
Bénissez le Seigneur
Et toi, féconde terre,
Exalte sa grandeur !

Sommets neigeux, vertes montagnes,
Ruisseaux, torrents impétueux,
Plantes et fleurs de nos campagnes,
Fleuves au cours majestueux !
Poissons des eaux limpides
Bénissez le Seigneur,
Oiseaux fiers et rapides
Exaltez sa grandeur !

Enfants qui chantez dans nos fêtes,
Unissez-vous en joyeux chœur,
Prêtres sacrés, fils des prophètes,
Justes et saints, humbles de cœur,
Priez avec louanges
L'auguste Trinité,
Chantez comme les anges
Sa divine unité !

(1) Musique imitée du Rokudan, air national du Japon, arrangement inédit de M. Laurent Rollandez.

SCÈNE III

Les mêmes, MARIE MINAMI

MARIE

Quelle douce voix charme mes oreilles ! Est-ce un ange du ciel qui vient t'apporter la bonne nouvelle, ô Nara ? Non, c'est toi, ma sœur Madeleine, et je ne me trompais pas en te prenant pour un ange, car tu viens du ciel et tu es bien près d'y retourner. La persécution parcourt l'empire, les bûchers fument déjà, les glaives ont quitté le fourreau. Dieu veut que notre sang arrose cette terre avant que de nouvelles générations chrétiennes y croissent en paix ! N'espères-tu pas, Madeleine, que nous serons désignées pour le sacrifice ?

MADELEINE (les yeux au ciel, les mains jointes avec ferveur)

Bénis soient l'heure et le moment qui me réuniront pour toujours à mon Dieu.

NARA

Quoi ! Madeleine, les supplices ne t'effrayent point ; d'où vient donc ton empressement à quitter la vie ?

MADELEINE

Chère Nara, tu ne peux encore comprendre, mais dis-moi : quand la fiancée joyeuse est conduite à la maison de son époux, peut-elle s'attarder et trouver le chemin trop court ? Pour moi qui attends ici-bas, non une alliance mortelle, mais mon union à Dieu même, je brûle de voir tomber les obstacles qui me séparent de Lui !

MARIE

Chère sœur, dans une âme pure comme la tienne, il n'y a pas d'obstacles à la vue de Dieu.

NARA

Je ne sais ce que vous dites, pourtant votre bonheur me fait envie ; mais qui peut souhaiter de mourir par l'épée ?

MADELEINE

Le Sauveur Jésus, dans nos saints Livres, recommande aux vierges sages de marcher à sa rencontre la lampe à la main. J'espère y aller moi-même à la lueur du bûcher ; mon corps sera le flambeau éclatant qui éclairera sa marche au-devant de moi, et l'ardeur de mon amour, plus forte que le brasier, consumera bien vite cette frêle vie qui me retient loin de Lui !

MARIE (agenouillée)

O mon Dieu, s'il vous faut des victimes pures, agréez celle-là, et puisque nulle offrande n'est indigne de vous, daignez recevoir aussi votre pauvre servante ; faites-lui partager les souffrances de vos martyrs, afin qu'elle partage au ciel leur couronne !

DEUXIÈME ACTE

La maison chrétienne.

Palais du seigneur Taquenda, crucifix exposé avec honneur.

SCÈNE Ire

Le 9 décembre 1603 au soir.

JEANNE, AGNÈS, PIERRE (endormi près de sa mère)

AGNÈS (éventant l'enfant pour l'éveiller et chantant)

Quand mon bien-aimé sommeille,
Mon cœur attend qu'il s'éveille,
Pour voir ses yeux si doux,
Son gracieux visage.
« Ne dors pas davantage,
« Et viens sur mes genoux ! » (*bis*)

PIERRE (se soulevant à demi)

Mère, laissez-moi dormir, je vois un bel ange.

AGNÈS (reprenant son chant)

Ah ! du paradis, sans doute,
L'ange t'a montré la route ;
Mais reste dans mes bras,
Ta vie est à l'aurore ;
La fleur qui vient d'éclore
Doit s'ouvrir ici-bas (*bis*) (1).

PIERRE

L'ange est venu, il m'offrait une palme et une couronne, je n'ai pas pu les prendre.

AGNÈS

Attends un peu, mon fils, reste encore dans les bras de ta mère, avant de retourner dans le sein de Dieu.

PIERRE (se relevant et se jetant dans lee bras d'Agnès)

M'y voici, douce mère et je n'en veux plus sortir ; mais quand j'irai au paradis, ne pourrez-vous venir avec moi ?

AGNES

Si, mon bien-aimé enfant ; j'espère que le divin Jésus nous y recevra tous deux. Mais lève-toi, va présenter ton front à ta grand'mère et prie-la d'y tracer le signe de la croix.

JEANNE

Viens, mon fils, chère image de ton père ; puisses-tu lui ressembler et honorer ta mère comme il honore la sienne.

AGNÈS

Et maintenant joue, cher enfant, éveille la maison par

(1) Chanson de l'île de Formose, transcription de Wekerlin, N° 85 des *Echos du temps passé.*

tes cris joyeux, ils appelleront sans doute ton père jusqu'ici.

PIERRE (agitant un oiseau (jouet japonais) s'en va chantant et sautant)

L'oiseau passe
Dans l'espace
En gazouillant
L'enfant danse
Et s'élance
Tout en chantant (1)!

(Il sort en chantant le dernier vers.)

SCÈNE II

JEANNE, AGNÈS

AGNÈS

Vénérée mère, que nous sommes heureuses d'avoir en notre demeure cet innocent enfant! Comme un oiseau venu du ciel, il répand autour de lui la vie et la gaieté. Puisse le Seigneur prolonger ses jours longtemps au delà des nôtres !

SCÈNE III

LES MÊMES ; PIERRE (tenant par la main MADELEINE MONDO).

PIERRE

Mère, voici votre amie, Madeleine Mondo, elle paraît

(1) Chanson de l'île d'Haï-nan, transcription de Wekerlin. Numéro 86 des *Echos du Temps passé.*

plus belle encore qu'à l'ordinaire, je l'aime plus que jamais.

MADELEINE

Que la paix du Seigneur soit dans cette maison ! Vénérables sœurs, votre petite amie vous salue !

JEANNE

Et que viens-tu nous annoncer, chère enfant ?

MADELEINE

Qu'on recherche les chrétiens, que le gouverneur est décidé à faire un exemple terrible, et qu'il veut pour cela choisir les premières familles de la ville !

JEANNE

Dieu soit loué si notre noblesse, nous désignant au choix du persécuteur, est ainsi ratifiée par le Christ !

MADELEINE

On dit que votre famille est surtout menacée ; mais voici le seigneur Taquenda lui-même, il doit savoir mieux que moi la vérité.

SCÈNE IV

LES MÊMES ; SIMON TAQUENDA

SIMON

Je vous salue, Madeleine ma sœur, votre présence réjouit la maison, une vierge du Christ porte partout avec elle la grâce divine.

MADELEINE

Vous êtes bienveillant, seigneur ; mais ce sont les vertus d'Agnès et les vôtres qui appellent ici la bénédiction divine ; c'est la sainteté de la vieillesse (montrant Jeanne) et le charme de l'innocence (montrant l'enfant) qui embellissent votre foyer.

SIMON

Oui, ma mère est la sauvegarde et l'exemple de la maison (se prosternant devant elle). Votre fils est à vos genoux, sainte mère ; dites, que faites-vous là d'un air si joyeux ?

JEANNE

J'ajuste ma parure de fête que je n'avais point portée depuis la mort de votre père. Je veux aller au martyre avec mes plus beaux vêtements et je les arrange moi-même, ne voulant laisser cet honneur à aucune main étrangère.

SIMON

Hé quoi ! ma mère, vous savez ce qui nous menace ?

AGNÈS

Et moi aussi je me prépare à vous suivre au combat !

MADELEINE (souriante)

Je suis venue pour attendre le bourreau avec elles ; la mort peut-elle effrayer des chrétiennes ?

SIMON (ému)

O mon Dieu, quelle puissance est la vôtre pour unir dans le cœur de vos servantes tant de force à tant d'allégresse ! Maintenant, mon âme est déchargée d'un lourd fardeau, je puis courir librement à la mort puisque je suis assuré de la fidélité des miens. Il n'y a que cet enfant dont la faiblesse m'inquiète ; pauvre petit Pierre, que ferait-il entre les mains des bourreaux ?

PIERRE

Très honoré père, n'ayez pas de crainte, je suis jeune, mais je suis chrétien ; *dès que le bourreau paraîtra, j'irai me jeter dans ses bras et le prierai de me tuer sous vos yeux, afin qu'avant de partir vous-même vous me voyiez en sûreté !*

SIMON (ému)

Que Dieu te laisse ton courage, ô mon fils, et qu'il épargne, s'il le veut, l'avenir de notre maison.

SCÈNE V

LES MÊMES ; SANTA (accourant)

SANTA

Honorable maître, les messagers du gouverneur sont ici ; ils font dresser à l'entrée des jardins la barrière de bambous verts, ils crient que notre prince est prisonnier dans son palais.

AGNÈS

Déjà, mon Dieu !

SANTA

Ils disent que l'officier envoyé par le gouverneur arrivera dans la journée pour condamner notre prince à sacrifier aux empereurs ou à se donner lui-même la mort.

SIMON

C'est bien, ma fille, retirez-vous en paix et soyez assurée que je ne ferai ni l'un ni l'autre. Chrétien, je ne sacrifie qu'au Dieu tout-puissant, et quoique les nobles de ma race aient le privilège de se donner la mort au lieu de l'attendre s'ils y sont condamnés, je ne quitterai la vie qu'entre les mains du bourreau. (Santa sort.)

SCÈNE VI

Les mêmes, moins SANTA

JEANNE

Mon fils, l'heure est venue de faire votre devoir. Quoique mon cœur saigne à la pensée de vous perdre, néanmoins ma joie est parfaite. Je n'ai pas d'autre fils que vous, et il faut que vous laissiez à cet enfant un nom et une foi sans tache. Ceux de notre maison s'appelaient autrefois : miroirs de fidélité à leur prince ; vous n'avez pas dégénéré ; montrez aujourd'hui que votre fidélité à Dieu est cent fois plus ferme et plus pure que celle de vos aïeux.

SIMON

Ah! vénérable mère, votre courage ferait rougir bien des hommes moins nobles que vous ! mais me voici prêt à honorer vos conseils en confessant ma religion à la face du ciel et de la terre.

AGNÈS

Plaise à Dieu que je me montre digne de vous et de notre sainte mère ; mais mes larmes tombent comme une ondée à la pensée de votre mort.

SCÈNE VII

LES MÊMES ; SANTA suivie d'ASSANO

SANTA

Honorable seigneur, voici l'envoyé du gouverneur, il désire vous voir tout de suite.

SIMON

Eh bien, introduisez-le sans crainte, et vous qui croyez en Dieu, priez pour votre maître (elle sort et Assano entre). Illustre messager du gouverneur, je vous salue et vous prie d'honorer ma demeure en vous y arrêtant.

ASSANO

Hélas ! glorieux prince, j'estime votre race, je vous ai vu grandir, j'ai applaudi à vos premières armes ; je sais votre courage, votre noblesse, vos vertus, et c'est en tremblant que je viens remplir ici un noir message.

SIMON

Parlez ouvertement, seigneur, je devine vos paroles et vous ne sauriez comprendre la joie qu'elles m'apportent.

ASSANO

Le gouverneur vous condamne à quitter la religion d'Occident ou à vous poignarder aussitôt, comme vous en avez le droit.

SIMON

J'accepte respectueusement la condamnation à mort ; je m'y soumets d'un cœur tranquille ; mais je renonce au privilège des nobles ; un chrétien ne doit point se frapper de sa propre main, et dussé-je passer pour un lâche, j'attendrai de votre épée le service que la mienne ne peut me rendre.

ASSANO

Quoi ! seigneur, pouvez-vous tout sacrifier à ce Dieu nouveau qui ne garde pas même les siens ?

SIMON

Il nous garde, Assano, non point pour cette vie qui n'est qu'un voyage, mais pour l'autre qui est l'éternité. Dans notre pays où la fidélité est la première des vertus qui pourrait croire qu'un prince devienne parjure à son Dieu ? Nos philosophes ont dit : *Celui qui a fait son devoir salue joyeusement le messager de la mort;* vous en voyez aujourd'hui la preuve, accomplissez donc vos ordres.

ASSANO

Je dois vous exécuter immédiatement si vous refusez de le faire vous-même, mais je veux croire encore que vous changerez de courage. (A Jeanne) Madame n'aurez-vous pas pitié de votre unique fils, ne m'aiderez-vous pas à le sauver ?

JEANNE

Seigneur, je n'ai qu'une chose à dire à mon fils, c'est qu'il ne saurait acheter trop cher un bonheur éternel.

ASSANO

Mais s'il n'obéit point au gouverneur, vous aurez la douleur de lui voir trancher la tête sous vos yeux.

JEANNE

Plaise à Dieu que je mêle mon sang avec le sien ! Si vous voulez, seigneur, me procurer cet avantage, vous me rendrez le plus grand service que je puisse recevoir d'un ami.

ASSANO

Quelle race que ces chrétiens! Seigneur Taquenda, je veux vous sauver malgré vous ; je vous laisse un moment encore pour choisir entre la mort et la vie.

JEANNE

Je vous suis, seigneur, et vais, de ma main, écrire au gouverneur pour le prier de me faire partager le sort de mon fils. Je compte sur votre bienveillance pour que ma supplique lui soit remise. Viens, Madeleine, laissons Agnès faire ses adieux à son époux ; courage, mes enfants, et prenez rendez-vous au paradis.

SCÈNE VIII

LES MÊMES, moins ASSANO ET JEANNE

MADELEINE (agenouillée devant Taquenda)

Seigneur Taquenda, je me prosterne humblement à vos pieds, déjà vous êtes confesseur de la foi, bientôt vous en serez martyr. Quand vous paraîtrez devant la face de Dieu, je vous en supplie, demandez pour moi la même grâce.

SIMON

Bientôt, Madeleine, la route du ciel vous apparaîtra entre les flammes du bûcher et, comme la colombe, vous vous envolerez joyeuse loin des prisons de cette vie.

MADELEINE

Soyez béni, seigneur, pour cette heureuse prophétie,

et accomplissez votre promesse : dites à mon souverain Maître Jésus que j'ai hâte de courir au-devant de Lui ; peu m'importent les douleurs qu'il enverra sur ma route, pourvu que bientôt je le possède dans la vie éternelle !

SCÈNE IX

SIMON, AGNÈS, PIERRE

AGNÈS

Bien-aimé seigneur, laissez enfin éclater ma douleur, puis-je me résigner ainsi à vous perdre ?

SIMON

Agnès, que dites-vous ? je ne reconnais plus votre cœur chrétien ! Je vais quitter notre maison pour les palais éternels, votre société pour celle des anges, le spectacle imparfait de ce monde pour la vue sublime de Dieu, et vous voudriez me retenir !

AGNÈS

Ayez pitié de ma faiblesse, je veux bien mourir avec vous, mais je ne puis vivre sans vous ! Attendez un peu, essayez de fuir et de vous dérober quelque temps aux recherches du roi. Peut-être sa fureur contre les chrétiens se calmera-t-elle un jour.

SIMON

Et vous souffririez que je vive dans une honteuse obscurité ? Vous voudriez qu'un chef militaire se tînt caché à l'heure du péril, laissant les humbles soldats combattre seuls et répandre sans lui leur noble sang? Agnès, votre amour vous égare. Je dois rendre ma vie au Dieu qui me l'a donnée, à l'heure même où il me la redemande.

AGNÈS

Songez à cet enfant ! Laissez-le grandir au moins jusqu'à ce qu'il puisse se rappeler votre visage, retenir vos paroles. Comment l'élèverai-je sans vous ?

SIMON

Agnès, souvenez-vous des avis de ma respectée mère. Elle m'a dit de laisser à cet enfant un nom et une foi sans tache ; quel déshonneur retomberait sur lui si je fuyais la mort ! Non, je vous lègue ce fils bien-aimé comme la meilleure part de moi-même, et je veux qu'avant tout il ait pour héritage la bénédiction d'un martyr !

PIERRE

Père, j'irai avec vous, n'est-ce pas, vers le bourreau ? un fils doit suivre son père ; nous serons si heureux d'aller au ciel, je ne sais pas pourquoi ma mère pleure ?

SIMON (ému)

Reste près d'elle, ô mon fils, et si l'on t'emmène un jour pour te faire mourir, entraîne-la avec toi au martyre et venez tous deux me rejoindre devant Dieu !

Maintenant, Agnès, rappelez tout votre courage ; l'heure approche où je dois confesser Jésus-Christ. Je souhaite que cette heure brille aussi pour vous. En attendant, allez dans votre oratoire, aidez-moi de vos prières tandis que je me prépare au combat.

(Agnès sort avec l'enfant.)

SCÈNE X

SIMON (seul à genoux)

Seigneur Jésus, qui avez souffert pour nous une dure agonie, sauvez-moi, parce que mon heure est venue. Défendez-moi de cette tendresse qui voudrait me retenir, délivrèz-moi de cette vie où je pourrais vous offenser ; recevez-moi en votre présence quand je sortirai victorieux du combat. Nos ancêtres appelaient la mort : *la route solitaire;* puis-je dire comme eux quand, sur la route du Calvaire, je rencontre le très puissant Jésus portant sa croix et marchant tout près de moi ! Quel voyage paraîtrait long ou difficile en la compagnie d'un tel ami ! (Debout) Me voici, Seigneur, accomplissez vos volontés ; mon cœur est prêt, votre seul amour le possède, et ma mère et mon épouse et mon jeune fils ne sont plus, entre vous et moi, que comme la fumée d'encens qui monte du sacrifice.

SCÉNE XI

SIMON, JEANNE, AGNÈS, ASSANO ET SANTA

ASSANO

Seigneur Taquenda, vos réflexions sont-elles faites ? daignez me donner une suprême réponse, afin que j'accomplisse mes ordres.

SIMON

J'adore le Dieu unique, créateur du monde. Je sers Jésus-Christ mon Rédempteur ; je prie la sainte Vierge, mère de Dieu : voilà la foi que je professe de tout mon cœur et en laquelle je veux mourir.

ASSANO

Hé bien, seigneur, mon épée est prête, je n'attends que votre signal.

SIMON

Je vous rends grâces pour le service que vous m'allez rendre, je suis heureux que votre main amie m'ouvre les portes du paradis.

ASSANO

C'est avec un profond regret que j'obéirai. J'honore votre courage et votre fidélité, mais je déplore votre erreur. Qui pourrait voir sans verser des larmes un pareil sacrifice !

SIMON

Je ne vous demande qu'un instant pour dire mes dernières volontés. Ma mère, bénissez votre fils à son suprême départ. Je vous confie ma maison et ma famille de cette terre. *Veuillez récompenser largement tous mes serviteurs et leur faire des présents en mémoire de cette heureuse journée.* Que le trépas de leur maître ne les effraye point, mais qu'ils songent au contraire à le suivre dans la voie du salut. Et vous, Agnès, ma bien-aimée, je vous laisse dans l'amour du Seigneur !

AGNÈS

Daignez, ô mon noble époux, me pardonner la faiblesse qui, tout à l'heure, avait surpris mon cœur. Dieu a voulu me fortifier en me montrant la gloire qui vous attend et que je partagerai un jour ; je n'ai plus qu'une grâce à implorer de votre fidèle affection.

SIMON

Je suis prêt à vous satisfaire, Agnès, en louant le Seigneur de votre courage.

AGNÈS

J'ai résolu, après votre mort, de n'appartenir plus qu'à Dieu, de n'avoir que Jésus pour époux et de vivre dans la solitude, si toutefois les bourreaux ne me réunissent bientôt à vous. *Daignez de vos chères mains me couper les cheveux, afin de me consacrer vous-même à Dieu.*

SIMON

Je ne le puis, Agnès, le prêtre seul doit consacrer. D'ailleurs vous êtes si jeune, qui sait l'avenir que Dieu vous réserve ? Pourvu que je sois assuré de votre constance dans la foi chrétienne, je n'ai point d'autre souci en quittant ce monde !

AGNÈS

Je vous en supplie, ô mon très digne époux, accordez-moi ce que je réclame ; le seul amour de Dieu auquel je vous immole aujourd'hui peut désormais remplir ma vie. Vous avez été mon appui ici-bas, ne me délaissez pas sans m'avoir confiée à un Protecteur tout-puissant, soyez le ministre et le témoin de ma consécration à Dieu !

JEANNE

Exaucez, mon fils, cette juste prière, laissez à votre jeune épouse cette consolation, afin que Dieu lui rende au centuple tout ce qu'elle perd aujourd'hui.

AGNÈS

Hâtez-vous, ô mon cher seigneur, coupez ces cheveux, je ne les relèverai jamais plus et bientôt ils seront couverts d'un voile.

SIMON

Je vous obéis, Agnès, que le Sauveur Jésus bénisse votre sainte résolution (*il coupe les cheveux avec son épée*) ; ô Dieu très bon, je vous lègue en mourant cette admirable épouse que vous m'aviez donnée, prenez-la pour vôtre à jamais. Ce trésor dont j'étais indigne mérite de vous être offert ; couronnez un jour au ciel sa fidélité comme mes mains la couronnent aujourd'hui de bénédictions.

Et maintenant, seigneur Assano, faites votre devoir ; voici mon épée, rendez-la au roi en l'assurant qu'elle ne fut jamais tirée que contre ses ennemis !

ASSANO

Je suis à vos ordres, prince, mais le devoir me semble dur et je demande pardon à ces nobles dames de la douleur que je vais leur causer.

SIMON (*s'agenouillant au milieu de la scène*).

Agnès, élevez le Christ devant moi ; ma mère vénérée, au revoir dans le ciel, faites de notre fils un vrai chrétien.

Seigneur, je remets mon âme entre vos mains ! (*Agnès se tient debout en face de lui, le Christ à la main ; Assano s'avance l'épée haute, et, au moment où il l'élève sur la tête du martyr, on baisse la toile.*)

TROISIÈME ACTE

La famille du martyr.

SCÈNE Ire

PIERRE, JEANNE, AGNÈS

(Même lieu, le lendemain matin.)

PIERRE

Oh ! pourquoi ne m'avez-vous pas appelé pour mourir avec mon vénéré père ? Je lui avais promis de me présenter avant lui au bourreau.

AGNÈS

Il ne l'a pas voulu, mon fils.

JEANNE

Il t'a béni à sa dernière heure et il t'attend au paradis.

PIERRE

Oui, mais j'avais promis d'y arriver avant lui. Qu'est-ce que le doux Jésus a pu lui dire en le voyant entrer au ciel sans son petit enfant ?

AGNÈS

Ton père a répondu qu'il t'avait laissé dans mes bras pour quelque temps encore, mais que tu le rejoindrais bientôt.

PIERRE

Ah ! pourquoi ne m'a-t-il pas attendu ? Les enfants martyrs sont, dans le ciel, tout près du divin Jésus et ils jouent devant lui avec leurs palmes et leurs couronnes. (Tristement) Moi, je ne puis plus jouer sur la terre ; je pleure le paradis !

AGNÈS

Peut-être, ô mon fils, que Dieu exaucera ta prière plus tôt que la mienne ; nos persécuteurs ne laisseront point fleurir en paix la race des martyrs ! Mais, pour un moment, laisse-nous, cher enfant ; ta grand'mère et moi avons besoin de prier. Monte dans les chambres hautes et dis à ta nourrice de chanter pour t'endormir. (Il sort.)

SCÈNE II

Les mêmes, NARA

NARA

Permettez, ô nobles dames, que votre parente et amie se présente à vos yeux quand la mort vient de franchir votre seuil. A peine le soleil a chassé cette nuit fatale et votre malheur, déjà connu dans toute la ville, fait couler bien des larmes.

JEANNE

Vous serez surprise, sans doute, ô jeune fille, de voir qu'entourées de tant de pitié, nous seules ne pleurons pas. Rien dans cette maison ne marque le deuil, nos vêtements même sont encore ceux des fêtes. Et pourtant nul fils, nul époux ne mériterait d'être pleuré comme mon bien-aimé enfant !

NARA

Votre âme noble et courageuse domine peut-être par sa puissance les faiblesses ordinaires aux femmes. Mais, Agnès, l'épouse si jeune et si aimée du seigneur Taquenda, est accablée par le désespoir.

AGNÈS

Tu ne peux comprendre encore, Nara, de quelle blessure la mort déchire le cœur d'une femme en lui arrachant son époux ! Pourtant, jeune amie, tu ne verras point de larmes sur mon visage. Tu m'entendras louer Dieu, le bénir avec transport de ce qu'il m'a enlevé une moitié de ma vie pour attirer plus sûrement l'autre.

NARA

Je ne sais ce que j'entends, Agnès ; pour vous, chrétiens, la mort c'est donc la vie ?

AGNÈS

Tu l'as dit, Nara, c'est la vie éternelle, la seule vie que la mort ne puisse briser, la vie et le bonheur sans fin.

NARA

Voilà ce que me disait mon amie Madeleine Mondo. Peut-être déjà est-elle entrée dans cette vie sans fin !

Hier soir, tandis que le seigneur Taquenda attendait ici la mort, on conduisait en prison Madeleine, ses vénérables parents, son jeune frère, et, durant la nuit, on dit qu'un vaste bûcher a été dressé pour les y consumer ensemble.

JEANNE

Dieu soit loué dans ses saints ! (A Agnès) Ma fille, voici que le chemin céleste s'ouvre devant nous. Les femmes vont avoir part à l'honneur du martyre ; mon cœur me dit que nous ne tarderons point à suivre votre époux jusqu'à Dieu !

SCÈNE III

Les mêmes, MARIE MINAMI

MARIE (s'agenouillant pour le salut japonais)

Bénie soit la maison du martyr, je baise avec respect ce sol baigné d'un sang généreux, et je viens, Agnès, mêler aux vôtres mes larmes glorieuses, car moi non plus je n'ai plus d'époux.

JEANNE

Hé quoi ! le seigneur Minami a déjà confessé le nom chrétien ?

MARIE

Hier, dès l'aurore, le gouverneur le fit mander au palais ; il n'hésita point à s'y rendre, quoiqu'il eût appris par des avis secrets quelle épreuve menaçait sa foi. Il me fit les plus touchants adieux, bénit tous ceux de sa maison et me donna rendez-vous au ciel. Je passai le jour à prier pour lui, et, sur le soir, un messager vint m'apprendre que mon noble Louis avait quitté ce monde. Le gouverneur, qui était son ami, l'a supplié d'abord avec larmes d'obéir à l'empereur ; il lui a représenté qu'une mort humiliante couronnerait mal sa noble vie ; que la ruine et l'extinction de sa famille iraient troubler le repos de ses ancêtres ; enfin, il s'est jeté à ses genoux, ne parlant plus que par des larmes, et mon glorieux époux a pleuré avec lui, non de faiblesse ou de regret, mais de pitié pour son ami, à la tendresse duquel il ne pouvait rien accorder.

AGNÈS

Unissons-nous, ma sœur, dans une sainte fierté, puisque Dieu a daigné agréer en holocauste tout ce que nous avions de plus cher au monde.

MARIE

Oui, jamais je n'ai été plus fière de mon époux qu'en ce jour. Lorsqu'il eut ainsi résisté aux prières du gouverneur, il lui rendit son épée et se laissa conduire dans une cour du palais où l'officier lui trancha la tête. On ne m'a pas même donné son corps à ensevelir; mais qu'importe ? son âme est avec Dieu et je ne tarderai pas à le rejoindre.

JEANNE

J'admire, ô mes filles, votre courage et votre foi; mais qui vous fait croire, Marie, que vous serez bientôt réunie à votre époux, dans la joie céleste ?

MARIE (avec enthousiasme)

Une bienheureuse certitude, une joyeuse nouvelle que je venais vous dire et que je tarde trop à annoncer ! Le même messager qui assista au martyre de mon saint époux m'a dit que j'étais condamnée avec lui, que les femmes, les enfants et toute la famille des chrétiens fidèles devaient mourir après eux.

(Agnès et Jeanne se lèvent avec enthousiasme, Nara avec effroi.)

AGNÈS (les mains jointes, les yeux au ciel)

O mon époux, voici votre réponse : du haut des cieux vous attirez mon pauvre cœur. En ce monde, vos mains m'ont consacrée pour la vie, maintenant elles m'emportent, m'enlèvent à la terre et me jettent dans le sein de Dieu !

JEANNE

Gloire à la bonté divine qui nous a choisies pour un tel honneur. O Marie, jamais messager de victoire franchissant notre seuil n'a apporté à la maison autant de bonheur que vous en répandez aujourd'hui !

NARA

Qui peut vous inspirer de telles pensées ? Votre Dieu est cruel ! Ah ! pourquoi ces prêtres d'Occident sont-ils venus le prêcher au Japon ? Quel bonheur donnent-ils ? Les familles sont divisées, les sujets insoumis, et de nobles races voient trancher par le fer leurs derniers rejetons !

AGNÈS

Que notre Seigneur miséricordieux te pardonne ton ignorance et ton impiété. Je ne veux pas même répondre à ces paroles, car bientôt, j'en ai la conviction, le prêtre répandra sur ton front l'eau qui régénère, et tu sauras un jour que souffrir la mort pour Dieu est plus doux que vivre mille vies dans les joies de ce monde.

NARA

Voilà ce que me disait Madeleine, pense-t-elle encore ainsi ?

MARIE

Plus que jamais, Nara, car elle a traversé triomphalement la mort pour aller à Dieu. J'ai été l'heureux témoin de son martyre, consommé ce matin même à l'aurore.

NARA (avec épouvante)

Quoi! Madeleine aussi! Madeleine, la sœur bien-aimée de mon âme, la plus parfaite des jeunes filles! Votre Dieu est fort, puisqu'il sait conquérir ainsi la fleur de la jeunesse, mais il est jaloux, puisqu'il l'enlève si vite à la terre.

MARIE

Oui, ce matin, dès l'aube, Madeleine était conduite hors de la ville, avec son père, sa mère, son jeune frère et quatre autres martyrs. Plusieurs centaines de chrétiens venus des environs s'étaient joints à ceux de la ville pour les entourer et les assister dans leur dernier combat; ils portaient des flambeaux et des fleurs comme pour une fête; beaucoup chantaient des cantiques et récitaient le rosaire. Au milieu de cette foule marchaient les huit martyrs empressés et joyeux. Quand le bûcher leur apparut enfin, chacun alla embrasser le poteau qui lui était destiné. Puis on mit le feu au bois et tout fut enveloppé de fumée. Mais bientôt on aperçut l'enfant, Jacques Mondo, courant à travers les flammes pour rejoindre sa mère et mourir près d'elle. Les autres consommèrent en paix leur sacrifice.

NARA

Et Madeleine? Son bonheur paraissait-il encore?

MARIE

Quand tous les autres furent tombés auprès de leur poteau, Madeleine, seule vivante et debout au milieu du brasier, semblait ne rien sentir; les mains et les yeux élevés vers le ciel, on eût dit qu'elle possédait déjà la sérénité divine. Bientôt elle s'inclina et la foule crut qu'elle expirait; mais non, ramassant autour d'elle des charbons ardents, elle s'en faisait une couronne, dernière parure de la vierge et de la martyre prête à paraître devant l'Epoux divin. Après cela elle se coucha lentement sur son lit de flammes et rendit l'esprit. La foule agenouillée priait déjà les nouveaux martyrs, et les soldats ne purent l'empêcher d'enlever leurs restes glorieux.

Et maintenant, suivons ceux que nous avons enviés et aimés, ils nous appellent du haut des cieux.

JEANNE

Oui, nous qui avons la même foi, le même espoir, le même amour, offrons le même sacrifice et que Dieu daigne l'agréer.

SCÈNE IV

Les mêmes, SANTA

SANTA

Dames vénérées, voici le même officier qui a tué notre maître, je crains qu'il n'apporte encore une sombre nouvelle !

AGNÈS

Ah ! fais-le venir bien vite, et puisse-t-il nous ouvrir, comme à mon époux, la route du ciel !

SCÈNE V

ASSANO, les mêmes

ASSANO

Nobles dames, vous me voyez affligé de troubler votre deuil et de paraître encore dans cette demeure où j'ai apporté le malheur.

JEANNE

N'ayez point de regrets, seigneur Assano, vous avez

procuré à mon fils la gloire éternelle, votre épée lui a ouvert les portes du paradis ; mais nous croyons comme lui, nous confessons le même Jésus. Daignez récompenser notre foi comme la sienne.

ASSANO

Honorables dames, votre courage me remplit d'admiration en même temps que de douleur ; car il mériterait une meilleure récompense.

JEANNE

C'est la seule que nous désirions, hâtez-vous donc de dire à quelle mort le gouverneur nous destine.

ASSANO

L'ordre vient du roi de Fingo lui-même et porte que la veuve et la mère du seigneur Taquenda, la veuve du seigneur Minami seront crucifiées si elles persistent dans la foi chrétienne.

AGNÈS (avec ravissement)

O bienheureuse condamnation ! ô mort choisie que la bonté de Dieu nous accorde ! Crucifiée comme vous, Jésus ! quel honneur trop grand pour votre pauvre servante !

ASSANO

Hélas ! Madame, ne vous réjouissez point tant ; l'arrêt porte encore une chose qui vous déchirera le cœur ?

AGNÈS

Et quoi donc, je n'ai que mon fils pour tout bien, et vous ne pouvez me l'enlever si je veux qu'il meure avec moi.

ASSANO

Je dois, Madame, lui trancher la tête ici même, sous vos yeux.

AGNÈS

N'est-ce que cela ? Je bénis Dieu, parce qu'avant de mourir, je vois tous les miens mis en sûreté. Santa, va promptement chercher l'enfant qui dort là-haut, et amène-le sans l'effrayer.

SANTA

Je ne lui dirai rien, Madame ; comment un enfant si jeune pourra-t-il se résigner à mourir ?

(Elle sort.)

SCÈNE VI

LES MÊMES, moins SANTA

JEANNE

Prions, mes filles, appelons le secours divin et que les ennemis de Dieu sachent que nous avons chanté à l'heure de la mort.

(Elles s'agenouillent et chantent)

(1) Sur la terre
Je n'espère
Aucun secours
Et mon âme,
Qui réclame
Dieu pour toujours,
Ne désire,
Ne soupire
Que martyre
Tous les jours !...
Sur la terre
Je n'espère
Aucun secours.

Confiante
Et riante
J'attends la mort.
En Dieu même,
Dieu que j'aime,
Mon cœur est fort.
Que le glaive
Qui se lève,
Vite achève
Notre sort !
Confiante
Et riante
J'attends la mort !

(1) Chanson d'Haï-Nan, transcription de Wekerlin, n° 86 des *Echos du temps passé*.

SCENE VII

Les mêmes, SANTA et PIERRE

SANTA

Voici notre jeune seigneur; je l'ai éveillé en chantant comme à l'ordinaire, mais ce sont mes larmes qui ont ouvert ses yeux.

PIERRE

Vénérée mère, que me voulez-vous? est-ce enfin au paradis que nous allons?

AGNÈS

Oui, mon fils, l'heure du départ est venue. Voici le Seigneur Assano qui a tranché la tête à ton glorieux père et qui vient pour te tuer aussi, parce que tu es chrétien.

PIERRE

Oh ! oui, je suis chrétien. (S'éloignant de sa mère pour aller vers Assano) Mère, ne me dites pas adieu, nous nous reverrons au paradis (il s'agenouille et baisse son collet). Seigneur Assano, faites-moi vite martyr.

ASSANO (s'avance l'épée haute, puis se trouble)

Non, je ne tuerai point cet innocent; comment trancher cette dernière fleur à la place même où j'ai abattu l'arbre?

PIERRE

Seigneur, Seigneur Jésus, venez vite me chercher.

ASSANO

Non, à d'autres ce triste courage. Madame, j'emmène votre fils pour faire exécuter ailleurs sa sentence. Mais, soyez sans crainte, je ne l'abandonnerai qu'après l'avoir enseveli de mes mains. C'est le dernier devoir que mon amitié rendra à votre noble et malheureuse famille ! Pour vous, mesdames, une litière viendra vous prendre aujourd'hui même pour vous conduire à la colline du nord où vos croix sont dressées. (Il prend l'enfant par la main et veut sortir.)

NARA (s'élançant au-devant de l'enfant)

Non, arrêtez ! voici le dernier coup ! le Christ, votre maître, m'a vaincue par cet enfant ! (S'agenouillant devant lui) Pierre, ô vaillant petit chrétien, viens mettre sur mon front le signe de la croix et, en arrivant au ciel, demande à Dieu que je sois baptisée dans mon sang !

PIERRE (faisant le signe de la croix demandé)

Que Jésus notre puissant maître te bénisse, Nara ! Venez toutes bientôt me rejoindre près de lui ; partons vite, seigneur Assano ! (Il prend la main d'Assano et sort suivi de Santa.)

SCÈNE VIII

JEANNE, AGNÈS, NARA

JEANNE (l'air inspiré)

Et maintenant, Seigneur, laissez en paix mourir votre servante, puisque mes yeux ont vu le salut de ma maison !

Puisque votre lumière brillant à la face des nations a éclairé la voie de tous les miens !

Puisque moi-même, pauvre femme, je vais avoir part à la gloire de votre peuple, laissez, Seigneur, laissez mourir en paix votre servante !

AGNÈS

Vénérée Mère, louons Dieu qui a daigné éclairer notre amie Nara. (A Nara) Reçois nos bénédictions et nos adieux, chère enfant du Seigneur, puis quitte sans retard cette maison qu'enveloppe la mort, et va demander le baptême.

NARA

Quoi ! vous m'abandonneriez si faible encore sur la route du ciel ? Qui me soutiendra quand vous ne serez plus là ? Non, je m'attache à vous, je veux mourir avec vous, et le Christ daignera bien me recevoir purifiée seulement dans mon sang.

AGNÈS

Dis-tu vrai, Nara ? n'as-tu plus peur de mourir ?

NARA

Non, je sens une force inconnue remplir mon cœur, tandis que mon esprit est pénétré d'une lumière nouvelle. Ah ! je sais votre foi ! Madeleine me l'a si bien prêchée, je l'entends encore : Je crois au Père, au Fils, au Saint-Esprit, Trinité divine. Je crois que Jésus est né dans le temps, de la Vierge Marie, et qu'il est mort pour nous sur l'arbre de la Croix. Je sais qu'il est sorti vivant du tombeau, qu'il règne maintenant dans les cieux, mais qu'à la fin des siècles il reviendra terrible, pour juger la terre. Alors seront glorifiés ceux qui l'auront confessé dans les supplices. Agnès, cette croyance suffit-elle ?

AGNÈS

Oui, elle suffit, et je crois, Nara, que Dieu accepte ton sacrifice. Ma mère, l'heure de notre délivrance est proche, le ciel s'ouvre et Dieu nous appelle ! (Elle s'avance et parle lentement d'un ton inspiré, en faisant des pauses) Que de martyrs vont nous suivre sur la route sanglante ! Je les vois : quelle foule héroïque, les chrétiens y sont tous..... pas un ne restera dans les îles du Japon ! Les maîtres, les serviteurs, les mères avec leurs plus petits enfants sont immolés. O Dieu, laisserez-vous la foi s'éteindre dans une terre si généreusement baptisée ?

Deux siècles de ténèbres vont peser sur toi, ô mon pays, tes martyrs seront oubliés ; Dieu portera ailleurs ses lumières ; mais après, reviendront les jours de salut ! Ah ! les voici ! Je les vois entrer dans nos ports ces vaisseaux messagers de la bonne nouvelle ! Ils portent des ouvriers évangéliques pareils aux nôtres ; la chaîne des martyrs se renoue, puis la croix brille de nouveau sur nos plages, les églises renaissent de leurs antiques cendres et le Japon racheté par tant de sang et de larmes compte des milliers de chrétiens. Ah ! Dieu soit loué dans sa miséricorde ! Ma mère, ma sœur, laissons cette maison déserte ; hâtons-nous d'offrir notre sacrifice pour prendre part à la grande Rédemption !

SCÈNE IX

LES MÊMES ; SANTA

SANTA

O vénérées dames, la litière vous attend dans les jardins ; les soldats sont pressés de vous emmener !

JEANNE

Pourquoi tant d'égards ? nous n'avons point coutume, il est vrai, de sortir sans litière et sans suite ; mais pour aller au martyre, les chrétiennes sont heureuses de traverser à pied et enchaînées, comme des esclaves, les rues de la ville.

SANTA

C'est ce que le gouverneur veut éviter, Madame ; il craint que tous vos vassaux, déjà désespérés par la mort du seigneur Taquenda et de notre jeune maître, ne se soulèvent et ne cherchent à vous dérober à la mort.

JEANNE

Si telle est sa crainte, nous la partageons ; obéissons donc jusqu'à la mort.

SANTA

Ah ! nobles dames, ne me laissez pas sur cette terre. J'ai élevé notre petit seigneur, il n'était pas heureux sans moi, je veux le suivre au paradis ! Que je sois condamnée aujourd'hui ou demain, peu importe, puisque je suis chrétienne. (Elle s'agenouille devant ses maîtresses) Laissez-moi mourir avec vous !

AGNÈS (l'embrassant)

Relève-toi, Santa, ma sœur, et donnons-nous la main pour marcher au combat. (Elle marche la première vers la sortie en disant très haut :) Loué soit Jésus-Christ !

Chœur triomphal.

TIRÉ DE L'OPÉRA DE *Sigurd,* 1er ACTE, 1re SCÈNE.

(Derrière le rideau.)

Honneur aux saints martyrs et vive leur mémoire,
Ils sont entrés, rayonnants de clarté,
Dans le séjour de l'immortalité.
Le chœur des séraphins a chanté leur victoire,
Et, tout couverts de leur sang glorieux,
Ils ont conquis le royaume des cieux.
Honneur aux saints martyrs et vive leur mémoire !

(Solo soprano) Comme un soldat valeureux,
Le martyr victorieux
Reçoit la palme immortelle !
Dans l'allégresse éternelle,
Comme un captif délivré,
En triomphe il est entré !

(Reprise du chœur.)

IMP. EMMANUEL VITTE, RUE CONDÉ, 30, LYON

www.ingramcontent.com/pod-product-compliance
Ingram Content Group UK Ltd.
Pitfield, Milton Keynes, MK11 3LW, UK
UKHW020448180726
13839UKWH00004B/1706